Globule et le trésor des pirates

Jean-Pierre Dubé

Illustrations de Tristan Demers

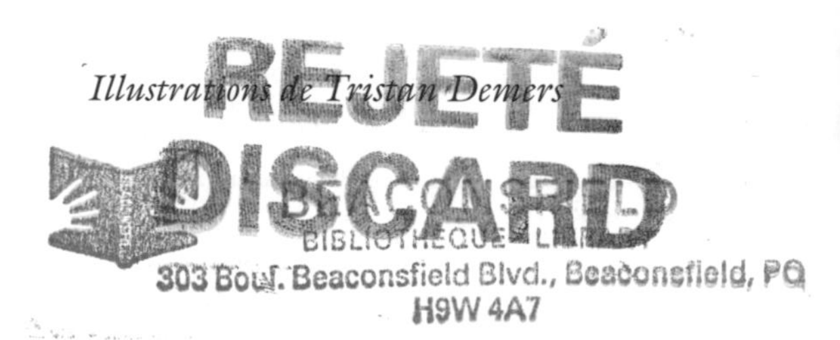

ÉDITIONS
MICHEL
QUINTIN

Données de catalogage avant publication (Canada)

Dubé, Jean-Pierre

Globule et le trésor des pirates

(Le chat et la souris ; 19)
(Les aventures de Globule)
Pour enfants de 7 ans et plus.
ISBN 2-89435-223-9

I. Demers, Tristan, 1972- . II. Titre. III. Collection: Dubé, Jean-Pierre. Aventures de Globule. IV. Collection: Chat et la souris (Waterloo, Québec) ; 19.

PS8557.U224G568 2003 jC843'.6 C2003-940670-9
PS9557.U224G568 2003
PZ23.D82Gl 2003

Révision linguistique: Monique Herbeuval

Le Conseil des Arts du Canada
The Canada Council for the Arts

Patrimoine canadien
Canadi
Heritag

La publication de cet ouvrage a été réalisée grâce au soutien financier du Conseil des Arts du Canada et de la SODEC.

De plus, les Éditions Michel Quintin bénéficient de l'aide financière du gouvernement du Canada par l'entremise du Programme d'aide au développement de l'industrie de l'édition (PADIÉ) pour leurs activités d'édition.

Gouvernement du Québec – Programme de crédit d'impôt pou l'édition de livres – Gestion SODEC

ISBN 2-89435-223-9

Dépôt légal - Bibliothèque nationale du Québec, 2003
Dépôt légal - Bibliothèque nationale du Canada, 2003

Éditions Michel Quintin
C.P. 340, Waterloo (Québec)
Canada J0E 2N0
Tél.: (450) 539-3774
Téléc.: (450) 539-4905
Courriel: mquintin@mquintin.com

1 2 3 4 5 6 7 8 9 0 M L 0 9 8 7 6 5 4 3

Imprimé au Canada

1
A
B
C

Chapitre 1

La bouteille

Ce matin-là, Globule s'en allait porter un paquet chez sa tante Sue. En échange de ce service, sa mère avait promis de lui lire deux autres chapitres de son histoire de pirates préférée : *Bras-de-Fer et le galion espagnol.*

En chemin, tout en se faufilant entre les tiges de quenouilles et de joncs, Globule s'imaginait être un corsaire débarqué sur une île tropicale. Soudain, il vit une couleuvre qui se déplaçait à la surface de l'eau. « Attention, capitaine Globule, un anaconda! » se dit-il le plus sérieusement du monde.

Globule arrivait à destination quand un éclat lumineux attira son regard. Il remarqua alors la bouteille en verre qui reposait au fond du lac. À l'intérieur, se trouvait un papier enroulé sur lequel des pointillés et des croix avaient été dessinés. « Se pourrait-il que ce soit... le plan d'un trésor? » se demanda la petite sangsue.

Maintenant, Globule se voyait en capitaine de vaisseau, en train de se battre contre trois pirates à la fois. À la suite d'une habile manœuvre, il réussissait à se débarrasser de ses adversaires et s'emparait de la cargaison d'or cachée dans la cale du navire ennemi.

Sortant de son rêve, Globule décida qu'après sa course, il irait chercher Verlaine, son ami le ver de terre[1], pour lui montrer sa découverte. Ce qu'il fit dès qu'il eut livré son colis.

À son arrivée chez Verlaine, la petite sangsue s'empressa

[1] Voir *Globule et le ver de terre*, Éditions Michel Quintin.

d'annoncer sa trouvaille. Verlaine bâilla longuement et répondit dans son langage de ver de terre :

— Un parchemin dans une bouteille!
C'est vrai qu'avec les humains, tout se peut.
Si la chose t'amuse, j'en suis bien heureux,
Mais moi, je reste ici, j'ai trop sommeil!

Globule le fixa, étonné.

— Tu as sûrement déjà lu des histoires de corsaires, de boucaniers et de pirates. Ils cachaient souvent leur butin pour ne pas se le faire voler. Il faut que tu viennes voir ce que j'ai découvert!

Verlaine répliqua:

— Les pirates naviguaient sur les mers,
Pas sur les lacs et les rivières.
Une chasse au trésor, je veux bien,
Mais il se fait tard, reviens demain.

Globule, déçu, n'insista pas. Sa décision était prise: il partirait seul à la recherche du magot. Il salua son ami et s'en retourna chez lui.

Chapitre 2

Le départ

Le lendemain, Globule se leva avant l'aube. Sans faire de bruit, il se coiffa d'un foulard de pirate et cacha son œil droit d'un bandeau noir. Avant de quitter la maison, il prit soin d'emporter un morceau de tissu pour emballer son trésor.

En peu de temps, Globule se retrouva devant la fameuse bouteille. À grand-peine, il réussit à en retirer le message.

C'était un plan, et Globule y reconnut le symbole des pirates : une tête de mort. Il était maintenant convaincu qu'une fortune l'attendait!

En suivant les indications, Globule parvint jusqu'à un immense rocher en forme de pyramide. Une flèche gravée sur la paroi montrait le chemin à suivre. En baissant les yeux, Globule trouva, à demi enfouies dans la vase, deux magnifiques pièces d'or, toutes dentelées.

« Voilà la preuve que le trésor existe. Je serai bientôt riche à craquer! » se dit-il, tout excité par sa trouvaille. Il fit un baluchon en enfermant les pièces dans son bout de tissu et repartit avec deux fois plus d'ardeur.

Il atteignit bientôt une partie plus profonde du lac où la température de l'eau était très froide. Globule passa au-dessus des algues avec précaution, car il craignait que celles-ci soient vénéneuses.

Tout à coup, Globule perçut un mouvement au-dessus de lui... C'était des têtards! Sa mère lui avait appris que ceux-ci, pour se transformer en grenouilles, devaient avaler une quantité impressionnante de nourriture. À ce stade de leur développement, ils se tenaient en bande et étaient aussi féroces que des piranhas. Il valait mieux les éviter.

Globule se dirigea vers le fond, faisant fi des algues. Maintenant, il se souciait peu qu'elles soient toxiques, car ce qui lui importait, c'était de se cacher le plus rapidement possible. Mais les têtards venaient dans sa direction. La petite sangsue se blottit sous une des plantes et ferma les yeux.

D'étranges éclairs apparurent alors, puis plus rien.

Chapitre 3

Les jumelles

Globule entendit une douce voix murmurer:

— Il n'y a plus de danger, petit.

— Plus de danger, c'est vrai. Les têtards sont tous partis. Ha, ha, ha! On dirait qu'ils ont été foudroyés sur place, dit une autre voix.

Globule ouvrit les yeux. Son sang ne fit qu'un tour! Devant lui se tenaient deux étranges créatures, identiques en tous points. Elles avaient une tête de poisson, mais leur corps ressemblait à celui d'un serpent. Elles étaient plus longues que le plus gros brochet qu'il ait jamais vu, et leur nageoire dorsale les parcourait de la tête à la queue.

— Mais qui... qui êtes-vous? demanda-t-il, apeuré.

— Moi, c'est Ampoule, dit l'une.

— Et moi, Ampère, dit l'autre. Et toi, petit, quel est ton nom?

— Je m'appelle Globule. Mais... mais...

Il se ressaisit et risqua :

— Êtes-vous des serpents de mer?

Les deux créatures s'esclaffèrent.

— Hi, hi, hi! Il nous prend pour des serpents de mer. Comme c'est drôle!

— Ho, ho! On a bien fait de le sauver, hein, Ampère? Il est vraiment mignon, ce petit.

— Mais qu'êtes-vous, alors? Des anacondas?

De nouveaux éclats de rire résonnèrent.

— Hi, hi, hi! Tu vas nous faire mourir de rire! Nous sommes des anguilles, voyons!

— Des aiguilles?

— Ha, ha, ha! Des aiguilles! Ho, ha! Aïe! la rate va m'éclater! Hi, hi! Attends qu'on lui dise qu'on est des anguilles électriqucs! Il va tomber à plat!

— C'est normal, Ampoule. Il n'est pas au courant!

Les jumelles se tordaient littéralement de rire. La peur de Globule se changea en colère. Il lança :

— Avez-vous fini de vous moquer de moi?

Ampoule cessa de rire la première.

— Excuse-nous, nous n'aurions pas dû... Maintenant, laisse-moi t'expliquer. Nous sommes des poissons un peu spéciaux, mais des poissons tout de même, et nous appartenons à la famille des ANguilles.

— Mais je croyais que les anguilles vivaient dans l'embouchure des grandes rivières et des fleuves, s'étonna Globule.

— Tu as raison, confirma Ampoule. Comme toutes les anguilles d'Amérique, nos ancêtres venaient de la mer. Ils ont remonté les rivières mais, pour une raison inconnue, ils sont allés trop loin.

Ampère plaisanta :

— On a beau être électriques, nos ancêtres n'étaient pas des lumières! Hi, hi, hi!

Ampoule poursuivit son explication :

— Adultes, nos aïeuls n'ont jamais pu retrouver leur chemin pour aller comme tous leurs semblables se reproduire dans la mer des Sargasses. Ils se sont finalement adaptés à ces eaux froides et se sont reproduits entre eux... Au départ, ils n'avaient pas cette faculté de produire de l'électricité. Cette particularité leur fut transmise par une anguille originaire de

l'Amazonie qui s'était égarée par ici. Nos ancêtres, heureux d'ajouter du sang neuf dans la famille, l'ont aussitôt adoptée. Les descendants de cette anguille ont conservé le même pouvoir et, au fil des ans, tous les membres de notre colonie sont devenus des anguilles électriques.

Après une courte pause, Ampoule poursuivit :

— Nous possédons des centaines de cellules spéciales produisant chacune un faible courant. Mais lorsqu'elles fonctionnent toutes en même temps, cela déclenche une

forte décharge, capable de paralyser même une grosse carpe. Nous sommes en quelque sorte des piles vivantes!

— Je comprends maintenant ce qui est arrivé aux têtards, dit Globule, impressionné.

— Notre arrivée sur les lieux tombait pile, parce que sans nous, tu étais cuit! Hi, hi!

— Tu es vraiment survoltée aujourd'hui, Ampère! blagua son amie.

Globule demanda:

— Où vivez-vous?

— Notre colonie est à deux heures de nage au sud, répondit Ampoule.

— Nous sommes en visite dans la région, compléta Ampère. On

aime beaucoup les grands espaces. Chez nous, on est plutôt à l'étroit. Serrées comme des sardines et...

Mais Ampoule lui coupa la parole en lui jetant un drôle de regard. Puis elle questionna Globule :

— Et toi, petit, que fais-tu par ici? J'ai l'impression que tu n'es pas chez toi, dans ces parages.

— Non. Je cherche un tré... euh... je cherche...

— Tu cherches... tes mots, lança Ampère. Hi, hi, hi!

Globule hésita. Mais comme les deux anguilles venaient de lui sauver la vie, il se décida à dévoiler son secret.

— Je suis tombé par hasard sur un plan révélant la cachette d'un trésor de pirates. Et j'ai trouvé ceci...

Tout fier, il montra ses deux pièces d'or.

Chapitre 4

Le trésor

Les anguilles examinèrent les pièces.

— Mais voyons, commença Ampère, ce sont des bou…

Ampoule, qui venait de l'interrompre d'un coup de queue discret, s'exclama :

— Quelles magnifiques pièces d'or, n'est-ce pas, Ampère?

Puis, se tournant vers Globule, elle ajouta :

— Excuse-moi, petit, mais je dois parler à ma copine.

Pour ne pas être entendues, les jumelles s'éloignèrent un peu.

— Ce ne sont que des bouchons! Les humains en jettent partout, lança Ampère.

— C'est vrai. Mais si nous aidons ce petit à trouver ce qu'il cherche, il nous conduira peut-être chez lui ensuite. Et là, nous pourrions éventuellement trouver la solution à notre problème.

— Je comprends tout, maintenant! Tu as raison, Ampoule,

nous devons absolument lui donner un coup de main.

Elles retournèrent auprès de Globule et lui offrirent de l'accompagner dans cette région inhospitalière.

Tout heureuse, la petite sangsue leur annonça alors :

— Puisque vous acceptez de m'aider, c'est décidé : on partagera le tout en trois parts égales.

— Marché conclu ! J'aime bien faire des affaires avec toi. On a des atomes crochus, le courant passe bien ! dit Ampoule.

— Une chasse au trésor, comme c'est électrisant ! s'enthousiasma Ampère.

Les trois amis se mirent en route. Ils atteignirent vite une région aux eaux très pures, où des plantes aquatiques ondulaient au gré des remous.

En voyant un ruban fixé devant l'entrée d'une caverne, Ampoule se réjouit :

— Voilà sûrement l'endroit que l'on cherchait. Tu seras bientôt riche, petit!

Globule ne prit pas le temps de se demander pourquoi des pirates auraient mis un ruban devant la cachette de leur butin. Sans plus réfléchir, il s'apprêtait à pénétrer dans la sombre ouverture.

— Attends, petit, conseilla Ampère. On va te faire un peu de lumière.

Les anguilles produisirent à tour de rôle des décharges électriques, ce qui baigna la

caverne d'une douce clarté. Aussitôt, les amis y découvrirent une immense caisse en bois, remplie de milliers de pièces d'or dentelées.

Globule s'écria:

— Wow! Je suis riche!

Fidèle à sa promesse, il commença à diviser le trésor en trois

parts égales. Mais Ampoule lui dit :

— On te remercie, mais on n'en veut pas. Nous sommes dénuées de cupidité. L'argent n'a pas d'importance pour nous. Mais c'est avec plaisir que nous t'aiderons à transporter le magot chez toi.

Globule n'en revenait pas d'une telle générosité! Mais il ignorait que ses nouvelles amies avaient une idée derrière la tête...

Chapitre 5

La supercherie

Globule, aidé des jumelles, fit son baluchon.

— Puisque ma copine et moi on se fatigue moins vite, nous transporterons le trésor pour toi, dit Ampoule.

Une fois les anguilles chargées du baluchon, Globule leur indiqua la direction à prendre pour parvenir au territoire des sangsues.

Chemin faisant, Ampoule interrogea Globule :

— À part les sangsues, y a-t-il beaucoup d'habitants dans ton coin de pays?

— Non. On y rencontre quelques carpes, des brochets et,

parfois, des moules. Mais les brochets sont plus nombreux de l'autre côté du quai des humains.

— Le territoire où tu vis est-il vaste?

— Oui, j'imagine. Je n'en ai jamais fait le tour!

— Intéressant... fit Ampère.

— Pourquoi? interrogea Globule.

— Nous aimons être au courant. Nous sommes très branchées! s'empressa de répondre Ampoule.

Après quelque temps, Globule annonça:

— Ma maison est tout près, mais nous allons continuer jusque chez Verlaine, mon meilleur ami. Il n'habite pas très loin.

— Verlaine est-il une sangsue, lui aussi? demanda Ampoule.

— Non, c'est un ver de terre. Il est très futé, vous verrez.

— Vraiment?... Hum! Il faut se quitter maintenant. Ampère et moi, nous avons quelques courses à faire dans le coin, tu vois...

— Mais je croyais que vous n'étiez jamais venues par ici?!

— Oui, euh... non...

— Ne bougez pas, nous sommes arrivés. Je vais voir si Verlaine est chez lui.

Après quelques coups frappés à sa porte, le ver de terre apparut.

— Salut! Devine ce que je rapporte!

En apercevant les amies de Globule, Verlaine s'exclama:

— Des anguilles! Mais par la queue d'un yak!
Jamais je n'en ai vu dans notre lac,
Elles vivent d'habitude dans les rivières
Et vont quelquefois jusqu'à la mer!

— Je te présente Ampoule et Ampère. Elles m'ont aidé à porter mon trésor.

Globule ouvrit le baluchon. En voyant son contenu, Verlaine s'écria :

— Mais quel trésor, Globule? Ce ne sont là que des bouchons sans valeur!

Mon pauvre ami, tu es bien crédule.

Tu t'es fait rouler, j'en ai peur!

Globule ne croyait pas son ami. Il s'adressa aux anguilles :

— Dites-lui, vous, que ce sont des pièces d'or!

— Euh... hésita Ampoule. On a dû mal regarder. Ce ne sont effectivement que des bouchons. Quelle est ton impression, Ampère?

— Oui, on a mal regardé. Mais comme tous ceux de notre espèce, nous n'avons pas une très bonne vue. En plus, nous n'y connaissons rien aux trésors.

En réalisant qu'il s'était fait avoir, Globule éclata:

— Vous saviez que c'était des bouchons et vous n'avez rien dit!

— Cette découverte te rendait si heureux! se défendit Ampoule. On ne voulait pas te décevoir. Je t'en prie, ne sois pas fâché contre nous…

Puis, se tournant vers Ampère, elle ajouta:

— Nous devrions partir, car il y a de l'électricité dans l'air!

Mais Verlaine interpella les anguilles :

— Un instant, s'il vous plaît!
Si ce n'est pas trop indiscret,

J'aimerais connaître la
véritable raison
De votre venue dans la
région.

Ampoule s'avança vers lui.

— Globule choisit bien ses amis. Intelligent et perspicace, voilà un ver de terre qui sort de l'ordinaire... Très bien, nous allons tout vous raconter.

Chapitre 6

Une idée en or

— Notre colonie est surpeuplée. Car, voyez-vous, les anguilles ont peu d'ennemis naturels. Et puis, les eaux où nous vivons sont de plus en plus polluées. Les humains y jettent toutes sortes de choses! Selon nos dirigeants, l'eau contiendrait des quantités importantes de BPC, dit Ampoule.

— Qu'est-ce que c'est? demanda Globule.

— Ce sont des biphényls polychlorés. Un produit chimique provenant des humains, expliqua Ampoule.

— Moi, intervint Ampère, je croyais que ça voulait dire Beaux Poissons Colorés!

Ampoule reprit:

— Cette situation nous oblige à déménager. Nos supérieurs nous ont donc chargées, Ampère et moi, de chercher une région où nous pourrions fonder une nouvelle colonie.

Globule, qui avait déjà oublié sa déception, sollicita l'avis de Verlaine.

Le ver de terre suggéra:

— Puisque de la mer
Nos amies sont originaires,
Ne devraient-elles pas
Réintégrer leur habitat?

— Nous ne pouvons pas retourner à la mer, objecta Ampoule. Nos organes ont perdu leur capacité à s'adapter à l'eau salée. Mais ne pourriez-vous pas nous faire une petite place ici? Nous sommes pacifiques, mais grâce à nos facultés électrisantes, nous pourrions vous défendre contre vos prédateurs.

— J'ai une idée... Avez-vous peur des brochets? questionna Globule.

— Nous ne fuyons devant aucun poisson, affirma Ampère.

— Presque personne n'occupe le territoire situé de l'autre côté du quai des humains, parce que les brochets y rôdent. Ils sont si féroces! Mais si vous ne les craignez pas, vous pourriez peut-être vous installer dans ce secteur.

Verlaine félicita la petite sangsue :

— Globule, ton cerveau réalise des prouesses!
Bravo pour cette idée en or!
Tu vois, bien plus que la richesse,
L'intelligence est un trésor!

À la grande joie de Globule, sa proposition fut acceptée par les dirigeants des anguilles. Ses amies avaient très hâte de déménager :

— Nous grillons d'impatience de mettre les brochets au courant! plaisanta Ampère.

Table des matières

COLLECTION

Le chat & la souris

1. Ma Mère Poule
2. Ma mère part en voyage
3. Torea, le garçon des îles
4. Gonzague, le loup végétarien
5. Le pari de Gonzague
6. Gonzague organise un concours
7. Globule, la petite sangsue
8. Globule et le ver de terre
9. Malourène et la reine des fées
10. Malourène et la dame étrange
11. Gonzague veut dormir
12. Torea et le poisson volant
13. Malourène est amoureuse
14. Malourène et les nains de jardin
15. Vente de garage chez ma mère
16. Globule pris au piège
17. Malourène et le sourire perdu
18. Les pissenlits de Magalie
19. Globule et le trésor des pirates
20. Gonzague est amoureux
21. Malourène et le roi mouillé
22. La statue du chien Hachiko
23. Les fausses notes de Gonzague

1. Le mouton carnivore
2. Éloïse et le cadeau des arbres
3. Nardeau, le petit renard
4. Nardeau chez Toubib Gatous
5. Crapule, le chat
6. Germina a peur
7. Le pique-nique de Germina
8. Nardeau est libre
9. Une chauve-souris chez Germina
10. Éloïse et le vent
11. Le monstre de la nuit
12. Sapristi, mon ouistiti!
13. Où sont les ours?
14. La tortue célibataire
15. L'animal secret
16. Le Noël de Germina
17. Princesse cherche prince charmant
18. Quand la magie s'emmêle
19. Méli-mélo au fond de l'eau
20. La sorcière vétérinaire
21. Le rêve de Tamaïna
22. Germina monte à cheval
23. Un poisson dans le dos
24. Princesse Éloane et le dragon
25. Sapristi chéri
26. Nardeau et le voleur masqué
27. Au revoir, petit merle!